CÃO RAIVA

DJAMI SEZOSTRE

CÃO RAIVA

KOTTER
EDITORIAL

Coordenação editorial: Sálvio Nienkötter
Editor-adjunto: Raul K. Souza
Imagem da capa: Djami Sezostre
em Ecoperformance: Ivan Domingues
Capa: Paula Villa Nova
Editoração e projeto gráfico: Bárbara Tanaka
Produção: Cristiane Nienkötter

Dados Internacionais de Catalogação na Publicação (CIP). Angélica Ilacqua CRB-8/7057

Sezostre, Djami
Cão raiva / Djami Sezostre. -- Curitiba : Kotter Editorial, 2019.
120 p.

ISBN 978-65-80103-19-5

1. Poesia brasileira I. Título

CDD B869.1

19-0583

Texto adequado às novas regras do acordo ortográfico de 1990, em vigor no Brasil desde 2009.

Kotter Editorial
Rua das Cerejeiras, 194
82700-510 | Curitiba/PR
+55 41 3585-5161
www.kotter.com.br | contato@kotter.com.br

Feito o depósito legal
1ª edição
2019

A Ovídia e
Dríade e Jade
e Gaia

I

CURRUTELA

II

CÃO RAIVA

III

LOAS

CURRUTELA

AZ

AICANNÃS, AJUURUZS, AAMANAIÉS,
ANAMBÉES, APARAAI, APIIACÁSS,
APURINÃ, ARÃAPAZO, ARARARÃ,
ARAARAS-DO-AIRIPUANÃ, ARRUÁS, CÃAMPAS,
ASSURINIS-DO-TOOCANTINS, ASSURINIS-DO-XINGUXI, AVWÁS-CAINOEIROS,
GUAJÁSGA, AUETISOTROS,
BAACAIRIS, BHARÁS, BARASAÑNAS,
BARÉL, BOROIROS,
CHXAMACOCOS, CHIQUIQTAINOS, CINTÇAS-LARGYAS,
DEMNIS, DEYZSANOS,
EINÁUENÊS-NAUÊS, FUULNIÔS,

AIMGAVIÃO

ZUTPATERDEI ZUPPATERDEI ZUPATERDEI,

BY

RAIZIAR FILOZIZIAR ZUMZUMZUM
PARACATEJÊE-GAVIÃOÃ, PUCOBIÉDRA-GAVVIÃO,
GUAJAJAQRAS, YGUARANIZ, GUATÓS-
GÃA, HUPDAÇ, IKPENGQ, INGARIKÓÓ, JAMBUTIZ, JAMAMARDIS, JIARAUARAZ,
OJAVAÉS, JIKAHUIS, JUMNALZ, KAAPOOR,
CANIABISD, CAINGANGUESAFIRA, CAIXZANAZ,
CALALPALOS, CAMAIUIRÁS, CAMBEBAZCÃS, CAIMBIUÁS, CANAIMARZIS,

APANIEKCRAZ-CANAELAZ, RANCOCAMECRÃAS-CANAELAZ,
CXANINDÉS, CLANOÊS, CARANJÁ,
KARAPIAINÃ, KAIRAPOOTÓ, KARIPUMNA,
CÃESRIPUNAS-DO-HAMAPÁ, CACURIRIZ, CMARIRIZ-XOCÓSIZ, CARITIYANAS,

CX

ARAMRAZ-CLÃROZ, KARUAZULI, KATUKINAÃN, KATUKIOINA,
KATXUYANAU, KAXARARIVLI, KLAXINAWÁ, KAXLIXÓX, CAIAEPIÓS,
QUIRIRIS UCÃ, COJICAMAZ,
KORUBOI, CZRAÓS KLOFAÍNÃ, CREÚNAQUESIZ,
CRIKRICATIZ, KUBEOLÃ, KUIKURIOORUIN, KULINAVAT
MADIHÁHÓ ARAWÁÇA, CIGULINAZ-PANOPÃ, KURIPAKOTAVA,
CURUAIASNHA, KWAZÁMBYA,
MARRUÁCURAP, MAKUTINAPUÃ, MACUXISKIS, MATIPUSLÉE,
MATIZGRIS, MANCHXACALIS, MEEINACOSAIAK, MIRANHABIRA, MINRITIZ-TATÃPUIAS,
MUNRUDURUCUZ, MURAZQKIO,

NAUQUÁSNOAN, NARMBIWQUARAS, NUMIKINI,
OHFAIÉS UAISZZ, OROMIRÃ-UINZ,
PAITERMIÃ, PAFALICURES, PANARÁNAÍ
KRENHAKAROREÉ, PIANCARARÉS, PANKARANRUÃ, PAINANKARU,
PARAKANÃJUÍ, PARECISƏIÃ, PIAARINTINTINS, PATAMONATIARA, PLANTAXÓ,
PIPIPÃZULI, PIVLRARRÃS, PIRATAPUIASMURU, PITANGUARISIZU, POÃNTI-
GUAIRAZ, POIANAUASKI,

DW

RIXICBACTAƧ, ÇAAKURABIAT,
ƧATERÉSOL-MAÍWÉ, ƧHANENAWAX, ƧUMIRUÍS, ƧUKHIIÁS,
TATUBAJARAS,
TAIPAIÚNAƧ,
TAEPIRANPÉS,
TXAPUIAS, TZARIANAƧ,
TEREGAIANAƧ, TICUNASTARA, TIRIÓSPUÃNƧ, TOKLRÁS, TRUKÁVIL, TRUMAILHI, TSUMNHUNƧ-
DϑAPÁZ,

KTUCANOƧS,
TUMBAILALÁ, TUPÃARIƧ, TUPINAÍMBÁS, TUPINIQUIMZ, TUIÚCAƧKAIƧ,
HUMUƧTIINAS,
AMONDAUASϑOS,
UAIMILRIƧ-ATROARILS, UAÍPIXAINAÁS, UIAREQUEMNAS, UWAƧSUƧ, URÃAURÁS, UAKIANASÃANƧ,
XAKRIARBÁSX, XIAMBIOÁSƧ, XAWVANTEES, XHEETÁS, CAIAAPÓOS-
XICRINMƧ,
XIIPAYAS, XUXKURUX, XUXKURUX KARIRIS, YAMINAWAWX, MIANOMÂMIƧ,
IAUALAPITIƧRETÊS, IEÊCUAÁNAƧ, ϑUARUINAS, ZONMIONÉS, ZZORÓSORÓS E
ƧURUUARRÁSƧS...

EV

CORNFINS SARANDIS,
BOIRBOLETRAS, PIASSARIO DA NHAMBUIA,
PRIMADO DO PIRIPAU, SORGO DO MARGOZO, RÃDIVIVA DAS ARARARARAS,
ANDORINHA DOS MELROS DA NOITE, IMBIRA DO IMBIRAÇAÍ, DRAGA DO CANTOCHÃO,
PEXE CABEÇA DE ELEFOA, KOAI DOS ABUTRIS, CAHARAHI DOS AMARELOS,
GÃBO DA ARGENITA, AGAIA DA VACA VERDE,
TRABÃBÃ DO FOGARÉU, PIRAMBA DOS PRETOMORTO, MUNDARÉU DOS REIS DE DEUS,
CARNIÇA DA VIOLA, REENGUE DOS PERENQUES,
CASARIO DAS RUÍNAS DAS VIRGENS DOS ARGENTAS, TEJO DO MENINO DA SUA MÃE,
TETEIA DOS URUKUMIS, RIFEIRO DO CORGO DO CAVALO, CARACURVA, RIOMAR AS GRAIZ,

VINTÉM DUDEMON, PAUPERIA DOS APOTIZEIROS, ISPANTABICHO, VÉU DAS VEADEIRAS,
URUVAIOS DOS GRILOS, LOUVA CHUVA, MARMELEIRA DO BOI,TICOTICO DO RIACHO,
TALTUS DOORMELNTE, CÉUIZ DIZEBRA, VERDUMI DO MULO, RIBA DIBAXO,
FARAÓ DOS BROQUEIS, SANTO DOS ORFEUS, QUIMERA DOS COLIBRIS,

COXA DO COCHEIRO COCHO, LIRA DO PREQUETÉ,

FU

CiSTERNA DOZ ERMOS,
BURiTi DAZ UVAiAS, ARAÇEiRA DAZ GABiROBAS, O VAU DO ALAZÃO,
AGUADO DO ARROZAL, ALGODÃO DO ZERTÃO DA FARiNHA PODRE,
BREJO DA PiZARNiKEiRA, FREXA DOZ COVARDiZ, JiLÓ DO AMANHÃ, ZAFRA
DA LUALUA,

GENTE DE NiNGUÉM, QUEBRADA DO QUEBRANZOL, CAJUDUMiNiNUNU,

AREEiRO DO PARAÍSO, NOVENA DO MORMAÇO, CURRUTELA DOZ ALADOS,
GRUDE DA iXTREMUNÇÃO, MEEiRO DO CÃO, ANJO DO TUPÃ, QUAREZMÊRA,
GRUTA DO BAiLE DA PERDiÇÃO, ROÇA DOZ GRiZ...

gT

CÃFUA DOZ OFENDIDOS, CACHUÃ DO POVOO, RINCÃO DOZ VERMEIOS,
VIELA DAZ VIRGENZ, ÍINDIOS DOZ MARRONZ, BAQUIPARÍ DOZ TORTOS,
CÃO DOZ INFEZADUS, ZIRIARA DA VENTANIA, IGREJINHA DA PAIOÇA,
ODIERNA DOZ ANTIGOZ,
TAPERA DOZ PAZSARINHOS, POÇO DOZ PECADOZ, COIVARA DAZ MULAZ,
VERTENTE DO SOL,

JUÁ DO ARAÇÁ, JATOBÁ DA PEDRARIA, ESTRADA DAZ TRAÍRAZ, ESCAMA DOZ CAVALOS,
RUDÁ DOZ MORTOS, CRIZTO DOZ INFERNOS,
OLARIA DOZ VEADOZ, LIMOEIRO DOZ PIRAMAENS,
GRAVATÁ DO AÇUDE, PRINCIPADO DOZ PODREZ, LITANIA DOZ GATOS, JAÇA DA FOME,
VIRIVUM, O CANTO DOZ IGNORANTEZ,
IMBIÁ DA MISERICÓRDIA, ZARGAÇO DAZ ESTRELAS,ISPIA DAZ TREPEIRAS,

KUAZUL, VESGO DOZ BONITOS,
IHNGRISIA DUZAZUL, CÃAOVÁRIO DOZ ARFLIITOS, REISMUNGIOS DO MUUNDO,
VARAREIS,

HS

OKAIMI DO MEDO, INFERMUU DOS AFOGADIOS, MURMUR DOS PECADOS,
GAIADEDEUS DO NADA,

ÇEIVA DA DRÍADE, LÁPIS DA JADE, HUVEDAS DAS OVELHAS,

ÁGUIÃ DO ANU, MELJATAÍ, OCORÇO DA CORÇA, NÓDAMANHÃ,
UTRIZIL DA AURORA, ONÇARIA DOS BUGRIS,
CHAPADA DOS SEIXOS, MESSEE DAS REZAS, ZUNMBIDA DO ARRAIAL,

ABUTRE DO NHAMBU, SEDE DA RÃJIA, CAMPA DOS PRETOS,

BEJO DA MÃE!

ORÁCULO DA ATEIA, ZANGÃO DE HOMEM, ISPANTA GENTE, CAIÇARA DAS
IRMÃS,
TUPIO DA RÃ, FOGARÉU DA NOITE, BRIGA DE VENTO,
GEADA DO ANTONTE, MATOMIÃ DA MATAMIÃ,
QUARQUEADA DO IMBUCHITÃ, GRUMUXIRA DA JIA, POMARVO DA EVAÇÃ,

VIVENTES DAS ONDAS, SURRA DUCOICI DAFOICIE, AMAVIO DA SEDA, ACHIRA
DAS ANCHURA..

iR

MIRIMIRI, KACHIMIR, TRAMIEIRA,
FAROÍRIZ, ZOLDILUA, ÁGUATIRICA,
JAGUARIO, ROÇALÃ, GRUVIÃ,
HUMAIAIA, GAYACANA, ZULAZULI,

LIAMEOZ, ÍSPINHUDIFLOR, DRUMIDEIRA,
JURUTIZEE, CANGACANA, INRIPIAÃ,
JAVACÉU, VIANDANÇA, LÃFÚCZIA,
LHAMANADA, LARANJOAL, CANTOVÊS,

VASTARAIA, CUCURUTO, ARABESCARDIA,
MUJOLODURUM, MIÔLODILÃ, ESTROVESGO,
DIADUGRUDI, ARIATA, PAPACAPINZ,

ITAÉGUADA, ARDIINCENZSO, PACUJIÃ,
MACEGACIEZ, GRAMADILÃLIZ, NAUNOA,
ACAUÃZIERA, ISPIGADIPENDÃO, ISTOURODITOURO,

METEABURRA, INCONHADUZINCONHADRUS, CROVADIDAFIGA,

jQ

LIVIVIDASILGA, ÃODUCÃOBESTA,
CAÍMITIRA, CARVOADA, VACAIADA,
BRIZABIZ, IRIZIPELA, PEXEARACÃO,
VENDADODAROÇA, CURIAMIRA, KUYCUTIRA,

PRIAPIRIVILA, UFADUDOKONDADO, KUIADAMARIMBA,
BERIMBELO, MANACRAVINA, DAMADUDEIMON,
DIVALADÃ, KINTADAQUINAUÊ, LÃMPRELA,
AQUIRAIZÃ, PINDASSILGOS, BRABURADO,

ZAGEZAIA, ARGUMIN, APEADERO, BRABATA, MELDIMBUÍA, AZUCAMELIÃ, DROBADAPINÇA,

KP

AGULHAVENT
O, PASTOREIADO, AREMBEIR
A, CURURUDOZSEL, ZINUDUZINFER, IMBRUZI
A, XOÃGULO, CICIODASINA, IMBURUÇUERA, HALODUXIM
I, CORVODABORDADABOCA, INDEISDACHITA, AMEICHEER
O, COGOFELO, CORGOÍRIZ, ARCODOPÓDAPUA, ZARIODIGENT

E, BAQUEARDA, USLADUDICALACÁ, REIDIEZTRELA, PÉDIIZTRIB
U, TRIBUDATABAOCA, ISTRUPICIO, FUXICAIA, PRAGADAPESTE, URUBUPI
Á, AMUODUBOI, CERCAMIAR, PONTALDOTONTO, VILUDUDAONÇA, ISTRIBIO,

ASTROBAIO, RIXABABRECHA, BREERADAJACA, JUCUJECA, JURUCAPIM,
GIRINODAJIA...

LO

NOSZINHORA, MARMEL, TREIZANTONTI, GARAPURA, ONTAMÃE, MALEMALE, ARLMADIGATO, IMPERAGIZ, ARDUMI, AZEDUDIRUM, ARGRIZ, NOANOITI, COÇACOR, NUVIDILUZ, LUADUBREJU, PRAMODINOIZ, INVAIJÁ, PASODUSPRETU, RÃJIA, BODIDIBEZTA, CÃODAPRAGA, ROSARUDIOIRI, ORAVAIODAMÃHÃ, CACHIMIRIX, UOXONIX, TÃTÃLIZ, BOIDIFUBÁ, BURDUADA, BRABOEJA, BAQUIPARI,

FRUFRUÃ,
FUÃDEPAU, CUIÉDIQUARTZ,
PUXADICANA, PICUMÃDIMURCEGU, ARIUACAOCA,
RÃTATARATÃ, INTRANHA, MORRUDUTURVU, TUKUMÃ, RÃMAVILA,
MEIDUMELRO, ITAPERA, LIRADUSDARDUS, BARDUEIRADA, GRAVIÃODUCONDI, YMIÃWIRI,
XÔHÃJÊ, JENIPAPODACHUVA, MARMARROM, GUEPARDODAGRETA, ZÃSÃGUARÁ, LÃBEBAILE,
KRAVOPORÃ, ANHANHAM, PORCOODOR, ARAPUÃDAKAFUA, CAMARAPUÃ, GRAIADIRA,
JABALADIGOMA,

PERODIPAZ,
RUTADODIABO, BARRELADA,
TRAZTRAMELA, CAIUPIRARÃ, ARIRANHERA,
GRUMEEIRA, CIMODUSINO, INXORDIA, CACOMERA,
MACUCODACUIA, EXTROCHIA, ÃRIMEERAÃ, ARCATRAZIZ, OTRAGAITA,
MUIRAQUITÃ, YÔNCATÃZI, FOZCAIS, ARZUIRA, CICIOPÃ, ROMÃSÃ, ZIGUIIMÃ,

BABAFEL, BABAMEL, LOOBOOFEEL, LOOBOOMEL, LOBALUA DA COOLMEIA

MИ

M

ICOMIÃ, IMBURRIÃ, GAVIÃODIOIRO, OUTRORIOGRIZ, ZANGACAIADA,
MÃIARADA, PIRANICHO, RIBADOFIM, POLIVATE, OTOPIODACOTOVIA,

KEIXUMIDURAIO,
RELÂPOZAPO, GRELODAHERA,
ANGUDILESMA, BREURIBERREIRO, CÔCLAVODOCHÃO,

RARÃGRUVARA, ARAUCAXITA, XIXIÃNZIAN, INXURRANIILA,
ANDURACHA, RANCACOICE, CÉUDIPERRUS,

NM

gRAVIEERA, MOÃKRUÍ, ZIHÍJOZ, BQUIVELÃ,
ÕWLANXM, ÇLÃKRÊKI, ZMNYKKÊÃ, ÇIXÃJUAM,
PLIÊTAQKIURI,

PIÂRACAUÊS, ZIONWLERIKZ, JUIARIX, LOMNTRUY,
DRUYUDAMNI, POTUEKOÇAQIU, LEJERIÊTA, ÍMÃAUÊS,
HERIMAÚS,

IARIMINOAD, OSgAKRIPTA, IUOPKRÃCAZCARÃS,
KRIIgRIIVRIILIICÃS, MWNWgRÃIRAÍ, HUERÃDRANMINIÃ,
OIROUVALÃ, LISÍSgRAFA, gIRAgIgUI, TIUTEZ, IMZIAMBRI,

CAYUVÁÁM, OIKOEKIAM, ARPIRAPIA, OgOIÃYÃ, AARIUÃZIR,

QORWAWA, NMIOYIÃ, EQWRAATLIF, JENIWOgXO, ZQIÇHEEIRO,
TXAgNMIÓN, FUKIVAUÃ, ORBRUCIÃME, MVMÇÃQUIÊ, ZIQKUIBANTU,
BREVIWLOAB, HÃHÊTZANJU, ÕQXYJEVDRA, CEVMODXIÃNDIES, JUÂHIMÃYBYA,

HEUÃKÍUIAWÃ, ÉWZRAFIKILIRIÃ, XRAMgRUÕÕÕÍL, CÉUCÉUCÉUZ...

OL

NONADA DOS C
OVARDES, MACABÉA DOS CO
VARDES, CAPITU DOS COV
ARDES, LORI LAMBY DOS COVA
RDES, ONZE MIL VIRGENS DOS COVAR
DES, CACHAPREGO DOS COVARDES, ASSIM VIVIAM NOSSOS ANTEPASSADOS
DOS COVARDES,

FLUXO DA SENHORA DOS COVARDES, TREMOR DA VERTIGEM DOS COVARDE
S, XAMÃ DAS CONFISSÕES DOS COVARDES, TREVO DOS COVARDES, CRUZ D
OS COVARDES, RIMBAUD DOS COVARDES, RAINBOW DOS COVARDES, ALCAÇUZ
DOS COVARDES,

DEUS E O DIABO NA TERRA DO SOL DOS COVARDES, ABAPORU DOS COVARDES,
BUCEETA DOS COVARDES, O CU DOS COVARDES, A COR DA COVARDIA DOS
COVARDES,
NINGUÉM DOS COVARDES,

BANDEIRA DOS COVARDES, O GRITO DOS COVARDES, MANIFESTO DOS CO-
VARDES,
A SERPENTE DOS COVARDES, PAMPULHA DOS COVARDES, CAJU DA ÁFRICA
DOS COVARDES,
PRAIA VERDE DA LONJURA DOS COVARDES, LARANJA DO CONDADO DOS
COVARDES,

EU PROFUNDO DOS COVARDES, MEDULA DO ESPANTALHO DOS COVARDES, DON
A DOIDA DOS COVARDES, OS CANTOS DOS COVARDES, CONSUMO DOS COVARDES,

HIENA EM FEBRE DOS COVARDES, GEENA DOS COVARDES...

PK

C
ACHUA DA CHAPADA DE AZINHEERO, IT
APERA DO CANTO DA ARAPUCA, CAI
ARA DO RASGO DA CHITA, TREM
EIRA DA IMBUIA DA ÉGUA, JIAJAVA DE DENTRO DA PEDRA, NOITIVAGA DA
ALMA DE TRAPO,

AGUAC
EIRO DO BAMBU DE VISGO, BURITIZ
AL DO COCHO DE PRATA, RIFAUNA DA GEADA DE CHUVA,
PICUEIRA DO TRAZFEL DA ONÇA, LINCELIZ DO BICHO DA ZEDA,
MONTANHA DA CURVA DO EUCALIPTO, GEMEERA DO TIZIU DE CARVÃO,

OLARIA DO LIMÃO DE IMBURÚ, NUANOA DA ESTRELA DE ANDARIEMA,
KUAREZMA DO VENTO DO PASZO, ZOLZANTO DO NARIZ DE BERILO, UMB
IGO DA PRAIA DA IMBIRA, MINADO DA FONTE DO FOZ, VILVISGO DA MANC
HA DO CURRAL, CRAVORÁ DO CATULÉ DO ZERENO, MULAMU DO MURMUR DO MURU-

MURU, JORIAMIRIM DO JEGUE DO MELRO, TIRAMELA DA DOIDA DA FRUTA,
IMBURIZAIA DO GIRINO DE CORAL, MINA DA PALMEIRA DO RIACHO, CORGO D
O ANIMAL DO CAVALO, CAPÃO DO TORTO DO MENINO, YERMO DA FAUNA DO
CACHORRO,

PI
RAMBO DO MEIO DO NHAMBU, VAKADA DA ANDIRA DO ANCHOVO, LIANDUR
RÁ DA DANÇA DA FORMIGA, GRAVILLA DO ALPISTE DA MANHÃ,

QJ

TARÃRDIL DA VILVIRG
EM DO UIRAMIMI, MONTEZUM DO MUMTUM DE MONTURO, HÉLICE DA FOLHA DA C
UACRUZ, CONCRIZ DO ENXERTO DA LÉGUA, CÃOCAVALO DO ESPANTA DE
NINUGUÉM,
MIRINUDIZ DA IMBIRA DA CABRA, PESPESTE DO GRAVETO DA ÁGUIA, TXAIRÁ
DO ENXÓ DA CA
VALA, FELFARO DO ASAZUL DA NÓDIA, OCREVILLE DO ISQUIFI DO CEDRO,
MADONA DO CALVARO D
O DESEJO,

INCROADO DA ALMA DE MULHER, VERTIGO DA VESPA DO PIRILÂPO,
MOSTARDA DO VENTRE DA MULA, URINA DO ANANÁS DO CACHO,
RIORUIM DA ENCHENTE DA COTOVIA, ZIGUEZAGUE DO VENTO DE BUGRE,
INÉPITO DO INGNÓBIL DA ANGUNORÂNCIA, RAPADURA DO MATO DA CANA,

CÃO-CÃES DO CICIO DA RELVA, MULAMBO DA MULÊRA DO ANUM,
COLIBRI DA ROÇA DA ENTOADA, TROVAÇÃO DO REPIQUE DA GRUTA,
ENGARVA DO FUZUÊ DO CREDO, MIRADA DA URZA DO TRIGO, TREMÊRA DO
UMBU DA JURUTI, F
AINA DO PASZADO DO FUTURO, EXTRAVIA DA ESTRELA DO MICO, CAVAÍRA
DO LINCE DA LONTRA,

Ri

AZULÃO DO ALRROIZ, KURUJA DO KURTUMI, ARRELIA DOZ AZEDUS
CROCROVILA DAZ EGUADAIAS, PASZAMEDU DA COMFUZÃO,
ACAUÃ DAZ NOVILHAÃS, O VLÉU DA ARAFLIÇÃO, O CÃO DO DIABUTORTU,
A ZOOBRA DOZ ASZOMBRADUS, RIACHUNU DO RIOSEKU, VILVERÃO DA ISPINHEIRA,

A CÃIBRA DAZ VIADEIRAS, ONÇO DO CORGO PEPRETO, RÃPARIGA DAZ CÃESCHORRADAS,
A JJIA PERDIDA DO ZANZOAL, HUGRUDI DA KOTOVIA, CEREJAL DA TERRA, KAIOVALIVUL,
TAIPA DOZ MNMAISRIMBONDOS, MULA DAZ TOPATROLAS, TOEIRA DAZ IMIBIRAÍS,

RALÉ DOZ LHAZCADUS, PIRÃPUZ DOZ INFRERNUZ, A CURVA DA LUA
ISTRELA DO PAU VERDE, QUEBRADA DO MEEIO, ZÃOBELÊ, BURTITIZ

A FOZFONTI DOZ ZALECRINS, MIMI MIA DO CÃO, GAVIÃO DAZ BARRELÃS

RÃMARIA DAZ REZADÊEIRAZ, ÇIMTURA DO JILÓH, ARLDEBARÃ, KUSTELA DE MAISÇÃ
TREIZSOLDIONTI, VIRGIDUMATURÃVI, PEDRANOCU, MAMOEIRODUSREIS, ÉGUADUCURISCADU
A MENINA DAZ FIIITAZ, CURIZCADU DA CANTÁARIA, XAKRA DOZ MÃOXACALIZ,
TUPIPI MIRIMIRI

SH

O PARAÍSO DO PARDAL DE RAPINA, ZOL DO ZOLO DE COLIBRI,
TIHÚHÚU DO CAITITU, ÍNDIOS ZEM FREXAZ, GUDIDILIMA,
VAUJAULA DOZ BURRUS, BESTA DAZ MMUIAS, KÃO DOZ MOINHUS,
ZOOZOEIRA DO CURIÓ, KURUKU, DEUS DOZ KOOVARDIZ, CRUZ DOZ PICAPAUS,

QUIHNAÓ DO XPTO DO INRI TPYX

QUEBRANTI DO ANTANHU, ÃDARARIRA DO RIOPARVU, PICURIMÃ DO TIZIU
MORRU DOZ VINTÉNZ, CAPÃO DA PITAYA, GAIA DOZ GATOZ DE GANDANHA,
VENTAMIRA DAZ ZEREIAS DE ASTREIA, BALÉ DO BOI DE FOLE, CÃOS DOZ BICHOS,

OIVIDIA, ISPÍRITO DA MULAHER, ROCARODA ROÇA DOZ ISPINHOS,
ÁRIA DOZ ÇARANDIOZ, ISTRADA DAZ ARLMAZ, RODAAPIÃO DO ISPIA,
ISPIGÃO DO JUAJÓ, O NARIZ DO TRIÂNGULO, AREUME DO RIOVIL DO KUNU

CAOTIRA DO JUJEGUI, TOATU DA COZBRA, ZAIBIÁ DO FIIM

VIOOLA DA ZIMBIRAZ, REICAÍDO DO RUMRUM, ISTRIBU DA LUA DA LONTRA,
LIRA DO PEIXE, ALECRIM DA BESTA, BORDA DO BORDADO DA BOCA, CÉU DE GIZ

TJ

VAUDAVACA, LOADOBREU, CÃODOMELRO, CÉUDAONÇA,
RAIODOLUME, RIODORUIM, RIFADOMEL, CRAVODARÃ,
LIMÃODALUA, JAUDAJURUTI, CIODOMEDO, MIRADAIRA,
FREXADOZOL, ÁGUADOPÃ, ERVADAHERA, VÉUDONADA,

ZABIÁDAMANHÃ, BEMTIVIDATARDE, BEIJAFLORDANOITE,
ERMODOZOLNOERMO, ERMODALUANOERMO, ESTRELA DO ERMO,

QKIRITIÃ, KIROÔNIIM, ZRYÇIZCÃÍ, VLIGRIZCRI, ÇAÃLIZFEEL,
VYNHIXÓRIN, HONZÍMIÁ, YTRIQNIUAH, VILGRIZ CRICRI DO GRILO,

KYRIE, ZENHOR, TENDE PIEDADE

UF

ARAUARÃ, ANRAUÃ, BANAUÁ, BAIRIEÊ, CAOXUNI, KACHUMI,
PAUMARI, MIRIPOÃN, UARICUÃN, UAIPIXAM, MADIUATÉ, MACUCHI-
KAPOM, PARECI-PIRO, MAXAVI-PALI, ZABEJI-BERI, MATIPUÍ, CANAMARIN
CATAUIXI, XIVVIQUIGUI, YANAN OROO-OROO OIRIOIRI, CAMACÃ CÃRÃRÃ

JÊ PURIJIPUR LATUNDÊ JAVLIZIS LACONDÊ JAVLIZIS SABANÊ JAVLI-
ZIS TUUCAANOO CAÃNAÃ HURUMI CAIUÁ IEMBYÁ IEMBYÉ

ITANHUMI ITUNHEMI ITENHAMI ITANHUMI ITINHOMI

HÍMEN DA AURORA DE OURO DA MULA DO BURRO,
CAVACANTO DO CANTOCHÃO DO EXÍLIO DO OTI OTI

ARIQUÉM DE NÃONINGUÉM DO MAISMAIS DO MENOSMENOS
XIPAIA MAUÊ DA JUMA DO JUMO DA VILA DOS QUOVARDIS

VE

OIAMPI OIAOIRO OIAMBI OIAOURO OIAMJI OIAAURA
BACUÉM BRACMUM BRAVILUÉM BRIKRUM GRAVIOLALÃ
GRAVAUTAN ANANÁS DO BREJO DO ARROZ DAS CANÁRIAS
OCANTOVIL DO PICAPAUPÃ DE RUDÁ MACEGA AQUÉM

SEER VILVIL CAIAPÓ CREJEÉ CREJAÁ CREJIÍ CREJOÓ CREJUUM
ACACUNDA CRACRICATI OFAIÊ PURIPARI OCURIANJOOCURIANGO

MAIPURE KAXUYAN MIATIPUÃ HUPDÁ
ROMÃ DA ABÓBADA DO TXAPACURA DA SARACURAEMA
ÔMN DOS NÃOCAVALOS DOS NÃOCACHORROS DOS NÃOGATOS
NIRVANA DE NINGUÉM O JARDIM DE JADE Ó DRÍADE

WD

SERENO DO JIRAUJIA, GRETA DA GRUTA DO VISGO DO GIRASSOL,
TIZIU DO ZABELÊ, COTOVIA DA ESTRADA DO LUSCO-FUSCO NO ZIGUE-
ZAGUE, PIQUENIQUE DOS CÃES DOS NHAMBUS DO FERO FERIDO,
AZINHUME DO JAJAMBO DAS PALMEIRAS DOS CATULÉS DA CATIARA,

ONZE MIL VIRGENS MORRO DO ESPIA DO ATRÁS DE ATRAVÉS
TRIZ DAS VISVIRILHAS DAS VISVIS AXILAS DO MENINO PERDIDO

OVÍDIA EU SOU O SEU FILHO ME ACODE DO MEDO INVISÍVEL
VIVIAEUJADEDEFAZERPOEMASEAGORAEUVIVODESAUDADEDADA

VIVIAEUJADEDEFAZERPOEMASEAGORAEUVIVODESAUDADEJADE

XC

O MENINO É QUE MIA E NÃO O GATO É QUE MIA

O GATO VIU O MENINO MIAR E PAROU DE MIAR PARA
O MENINO MIAR TALVEZ APENAS PARA OUVIR O MENINO MIAR

O MENINO MIOU E O GATO INVÉS DE MIAR VIROU UM CACHORRO
O CACHORRO MIOU E FALOU UMA LÍNGUA PARA O MENINO

O MENINO ACHOU QUE ERA UM GATO E COMEÇOU
A DORMIR COM O CACHORRO

YB

O MENINO DORMIU COM A NOITE E SONHOU COM A NOITE
A NOITE DEU UM BEIJO NO MENINO E ACHOU QUE ELE
O MENINO MIO NÃO ERA MAIS O MENINO MIO

O MENINO MIOU E VOLTOU A MIAR

A NOITE DE REPENTE VIROU UMA ESTRELA
E O MENINO COMEÇOU A TRANSAR COM A NOITE
COMO SE ELE TIVESSE UMA CONSTELAÇÃO DE GIRASSÓIS

A NOITE AMANHECEU E MIOU MIOU MIOU RIVER GUARANI

ZA

JADIZ, JADE

CÃO RAIVA

ACAUÃ

Acauã e quem vai cantar comigo
Cante por favor Acauã comigo
Que eu canto Acauã, Mãe!

Acauã e quem vai dançar comigo
Dance por favor Acauã comigo
Que eu danço Acauã, Mãe!

Acauã, a dor da mãe, Acauã
A dor da minha mãe, Acauã
Acauã, a dor da mãe, Acauã

Acauã e que vai viver comigo
Curta por favor Acauã comigo
O canto Acauã comigo Acauã
A dança Acauã comigo Acauã

Acauã Acauã Acauã
Não perca Acauã não perca
Curta Acauã curta o meu sexo

Acauã eu sou um tiziu Acauã

MBYA

Mbya praviver nãopramorrer
Mas Mbya vaimorrer aradoafogo
Mbya praviver nãopramorrer

Mbya praviver nãopramorrer
Mas Mbya aradopramorrer amãe
Mbya praviver nãopramorrer

Amãe Mbya Opai Mbya OfilhoAfilha
Ogene Mbya pramorrer pramorrer
Amãe Mbya Opai Mbya OfilhoAfilha

Vaichorar quem Mbya sefogolá
Achoça asuaroça asuarosa Mbya
Vaichorar quem Mbya sefogolá

Mbya vaigeemeer geemee Mbya
Mbya vaigeemeer geemee Mbya
Mbya vaigeemeer geemee Mbya

A CATIRA DOS SANTOS

O santo torto tinha na cabeça
Outra cabeça, queria não ser
Santo, queria talvez não ser

O santo torto tinha no coração
Outro coração, queria não ser
Santo, queria talvez não ser

Mas como não ser, o santo!

O santo torto vivia de ser
Não sendo ele o santo

O santo torto feito um pau brasil na hora do ângelus.

O FRETE DAS MULHERES

O cavalo e o seu destino de cavalo
Se não falava quase cantava

Rumava pelas terras como um
Menino na cacunda da mãe

O cavalo e o seu destino de cavalo
Se não cantava quase falava

Rumava pelas terras como um
Menino na cacunda da mãe

Como um menino no ventre
A mãe achou o nome do cavalo

Desejo

A BUCETA DO CAVALO

Aleluia aleluia aleluia
Eu quero a buceta do cavalo
Aleluia aleluia aleluia

O rapaz que rudá apenas
Quando a noite cadela a mula

O rapaz que zabra apenas
Quando a noite cadela a mula

O rapaz que fênix apenas
Quando a noite cadela a mula

Aleluia aleluia aleluia
Eu quero a buceta do cavalo
Aleluia aleluia aleluia

A VILA DOS COITADOS

A viila dos coiitados era uma viila de niinguém
O ííndiio que rasgou a viila partiiu de lá como
Um niinguém expulso que foi com a sua prole

A viila dos coiitados era uma viila de niinguém
O amarelo que herdou a viila partiu de lá como
Um niinguém expulso que foii com a sua prole

A viila dos coitados era uma viila de niinguém
O marrom que herdou a vila partiiu de lá como
Um niinguém expulso que foii com a sua prole

A viila dos coiitados era uma viila de niinguém
A gente que herdou a viila partiiu de lá como
Um niinguém expulso que foii com a sua prole

A viila dos coiitados era uma viila de niinguém
O espííriito que ííndiio a viila viiveu de lá como
Um niinguém expulso que foii com sua prole

Saraba da

CORAÇÃO ANIMAL

Assim você vai entender o coração da gente
O coração do pai não era um coração gente
Era o coração do pai um coração ânima animal

Assim você vai entender o coração da gente
O coração da mãe não era um coração gente
Era o coração da mãe um coração ânima animal

Assim você vai entender o coração da gente
O coração do filho não era um coração gente
O coração da filha não era um coração gente

Era o coração de Deus um coração mula maçã

O ESPÍRITO DA LASCÍVIA

A primeira filha nasceu com sangue na boca
E começou a falar uma língua estranha que
Ninguém entendia, a não ser ele o pai

O primeiro filho nasceu com sangue na boca
E começou a falar uma língua estranha que
Ninguém entendia, a não ser ela a mãe

Assim o pai entendia a filha que não entendia
O filho que tinha uma língua de índio morto
Assim a mãe entendia o filho que não entendia
A filha que tinha uma língua de índia morta

Também assim quando a terra virou o inferno
Jesus Cristo desceu da Cruz com a sua espada
E começou então a ceifar as virgens na floresta

ARRAIAL DA CONFUSÃO

O arraial da confusão não tinha esse nome não
O arraial da confusão era um lugar de paz mas
Um dia o arraial da confusão amanheceu confuso

O arraial da confusão não tinha esse nume não
O arraial da confusão era um lugar de paz mas
Um dia o arraial da confusão amanheceu confuso

O arraial da confusão confundia gente por gente
E começou a confundir se mulher era mulher
E começou a confundir se homem era homem

O arraial da confusão passou a confundir mais
E confundia o nome da mãe com o nome do pai
E confundia o nome do pai com o nome da mãe

O arraial da confusão virou uma terra de ninguém
Confundiu que era o ventre da floresta e uivou
Confundiu que era o ventre da floresta e uivou

Uivou como uiva o uivo da virgem em sangue

A CISTERNA DOS PECADOS

A Cisterna, a cisterna, a cisterna,
Era o pai que falava para a mãe,
A cisterna, a cisterna, a cisterna

A cisterna, a cisterna, a cisterna,
Era a mãe que falava para o pai,
A cisterna, a cisterna, a cisterna

A cisterna, a cisterna, a cisterna,
Era a cisterna que falava para o
Pai que falava para a mãe, a cisterna

A cisterna, a cisterna, a cisterna,
Era a cisterna que falava para a
Mãe que falava para o pai, a cisterna

A cisterna, a cisterna, a cisterna,
Era a morte que falava para a
Vida que falava para a terra, a cisterna

E para o inseto eu falava para mim, A cisterna

A cisterna, a cisterna, a cisterna

O BEIJO DO SENHOR XPTO

Eu quero ele Senhor e quero o Senhor senhor Xpto
Para beijar ele Senhor Xpto e beijar o Senhor senhor Xpto

Eu quero o beijo da fruta eu quero o cheiro da fruta
Eu quero Senhor senhor Xpto o sabor da fruta eu quero
A fruta e a frutaria Senhor senhor Xpto eu quero beijar

Eu quero ele Senhor Xpto e quero Senhor senhor Xpto
Para beijar ele Senhor Xpto e beijar o Senhor senhor Xpto

Eu quero o beijo do fruto eu quero o cheiro do fruto
Eu quero Senhor senhor Xpto o sabor do fruto eu quero
O fruto e a frutaria Senhor senhor Xpto eu quero beijar

Senhor o Senhor senhor Xpto

Pai nosso Xpto que estais nos céus

ZZZ

O! á!gua p
Ara o melro d
O menino imundície
E o! o cio n
Ele cicia!

O! á!gua p
Ara a melra d
A menina imundície
E o! o cio n
Ela cicia!

O! o cio cicia
Ciocho n
O estrume

Veneno vírus zzz

O GIRASSOL

O ziridum do ziguimum da jianundi
A zuitimi da jiritimu do kuitiminiriju
O guitioium do gatouiti da gerquiu
A ceximirii da çiziungi do qxiuiviim

O hiutium da uyerititii do liqkiuimin
A xciuyuiv do kjikerii da griyoitivity
O vuirtiwer da weiutin do gquimun
A miionirii do jeriuotm da filotivrum

O britiuiara da griymin do iucriuim
A vckuitãã do gruãmiõj da ckõlãijk
O nãtiããk da qãbyãnm do keãlãmi

A vçãariãm do heyãriç da hagãmi
O xlãxliviãã da vãjãlãí do grãjãrãp
A lkõímihi do pãpaulis da bucetax

Ziziar zziizziiaarr zzziiizzziiiaaarrr

O SANGUE DO DESEJO

O sangue do desejo nasce onde nasce
A fonte da mãe antes de ser ela a minha
Mãe com ele que virou então o meu pai

O sangue do desejo nasce onde nasce
A fonte do pai antes de ser ela o meu
Pai com ela que virou então a minha mãe

Se eu vim ao mundo apenas para ser
A imagem ancestral da natureza

Eu te natureza!

A ÉGUA DA FANTASIA

Eu fantasiei a égua para a festa
E ninguém tinha um sanhaço c
Omo eu e o meu sanhaço azul
Eu fantasiei a égua para a festa

A égua da fantasia eu fantasiei

Olhem-me mas olhem a sanha

O RIO DA SALVAÇÃO

Turvo e turvo apache Pero muito turvo
Como nunca fora turvo mais que a turvação
Áspero como mulas as vergonhas vermelhas

Turvo e turvo apache Pero muito turvo
Como nunca será turvo mais que a turvação
Áspero como mulos as vergonhas vermelhas

Se mulas o rio da salvação antro para
Quem entra atrás de um coração através
Se mulos o rio da salvação antro para
Quem entra atrás de um coração através

Pero se apache o coração eu yguarani

A VESTE DAS ROSAS

E a procissão como serpente pelo
Caminho entre margens as taperas
E a gente se esfregava como vestes
A lascívia natural da água águas

Água águas

O menino vivia de plantar as rosas
Amanhecentes ao redor do corpo
Como a saia água águas

Água águas

E o desejo em círculo mantra
A rodopiar água águas

O andor para o menino Jesus

A JIA DO BREJO

Vinha e como vinha no meio da noite
A jia vinha cheia de água para me dar

Vinha e como vinha no meio da noite
A jia vinha cheia de fogo para me dar

E me dava a jia ou a água ou o fogo
E queria miar mais que ilha e virilhas

A jia vinha e como vinha cheia de ar
Ela a jia virou a minha terra insônia

O LIVRO INVISÍVEL

A casa mudava de lugar sempre que chovia
E como chovia a casa mudou de lugar enq
Uanto os cachorros latiam ao redor da casa

A casa mudava de lugar sempre que chovia
E como chovia a casa mudou de lugar enq
Uanto as cachorras latiam ao redor da casa

Assim durante o eclipse a casa mudou de l
Ugar enquanto cachorros e cachorras latiam
O menino perdia o pau brasil para o arco-

Íris enquanto a mãe gritava com os animais
O livro invisível tinha as folhas em sêmens

O ESTILINGUE

O estilingue o estilingue o estilingue
Assim rezava a mãe atrás do filho
O estilingue o estilingue o estilingue

O estilingue o estilingue o estilingue
Assim rezava o pai atrás do filho
O estilingue o estilingue o estilingue

O estilingue virou uma ladainha O estilingue

O estilingu O estiling O estilin O estili O estil O esti O est O es O e O

MENINO MORTO

Os sentidos sentidos

Um menino foi morto em Aicaianã
E ninguém sabe a parada do atirador
Que transou o menino morto em Aicaianã
E passou a noite na zona da Vila e depois

Os sentidos sentidos

Um menino foi morto em Aicaianã
E ninguém sabe a parada do atirador
Que transou o menino morto em Aicaianã
E passou a noite na zona da Vila e depois

Os sentidos sentidos

O Espantalho, mais uma medula de Faraó,
Caia do seu lugar de planta para, então,
Passear como a alma de um natimorto
E pastava, afinal, com a boca de cavalo
Os restos de buceta feito oferendas

O Espantalho, mais uma medula de Faraó,
Saia do seu lugar de planta para, então,
Passear como a alma de um natimorto
E pastava, afinal, com a boca de cavalo
Os restos de buceta feito oferendas

Assim, os restos de buceta feito oferendas
Ao Espantalho que se vestia como um vassalo
A mostrar não a sua campa de Espantalho
Mas, afinal, a sua boca de cavalo cão

Com os olhos de um colibri, de repente, aurora.

ESQUIFE

Afinal, Mãe, dos meus pecados e também
Mãe dos meus esquifes invisíveis, se eu
Vivo assim como quem vive doente o que
Fazer com esse coração cheio de feridas

Afinal, Mãe, dos meus pecados e também
Mãe dos meus esquifes invisíveis, se eu
Vivo assim como quem vive doente o que
Fazer com esse cabeça cheia de feridas

Eu fui crudelissimamente ferido em vida
E agora, Mãe, não é o meu corpo que geme
Como geme a minha alma e os seus espíritos

Gemem, Mãe, gemem com uma lasca na língua

O LINCE DE LUA

O menino tinha que perguntar sempre
E ele perguntava sempre mesmo quando
Sabia que ninguém tinha ouvidos para ele

O menino tinha que argumentar sempre
E ele argumentava sempre mesmo quando
Sabia que ninguém tinha ouvidos para ele

Se ninguém tinha ouvidos para ele
Ele passou a achar que podia fazer tudo
Inclusive olhar para ele não quando ele

Dormia o sono da natureza

Mas ao cair da tarde pela noite O menino
Se vestia de anjo para viagem do lince.

O CARNEIRO

O meu pai tinha um carneiro no sangue
E o carneiro balia de apascentar o meu pai
Que tinha uma ovelha com os olhos de olhar
A minha mãe que gemia com um elefante
Ancestral ao tremer a terra durante as noites

A minha mãe tinha um carneiro no sangue
E o carneiro balia de apascentar a minha mãe
Que tinha uma ovelha com os olhos de olhar
O meu pai que gemia com um elefante
Ancestral ao tremer a terra durante as noites

Assim ancestral como um velho de repente jovem
Ao tremer a terra durante as noites as noites tremiam

O ventre do carneiro como uma ovelha
A chupar as suas raízes enlouquecidamente

FALO

Aquilo era o que afinal se aquilo tinha tudo
Para ser não apenas o que era e parecia ser
Como um fogo que ninguém sabe se afinal
É fogo mesmo ou pode penetrar como água

Aquilo era o que afinal se aquilo tinha tudo
Para ser não apenas o que era e parecia ser
Como um falo que ninguém sabe se afinal
É falo mesmo ou pode penetrar como água a

Como águia aquilo era o que afinal se aquilo
Tinha tudo para ser não apenas um sonho

Assim imensamente vestido de quimera o falo raiz

CAMINHEIRO

Cavalgar cavalgar cavalgar
Eu cavalguei comigo e cavalguei
Com o cavalo que cavalgou comigo

Cavalgar cavalgar cavalgar
Eu cavalguei contigo e cavalguei
Com o cavalo que cavalgou contigo

Se comigo eu cavalguei contigo
Se contigo eu cavalguei comigo

Cavalgar o cavalo como a cavalgar
Contra o mar e sua maresia cavalgar

Cavalgar sozinho com o menino
O menino caminheiro esse menino
Que é um ladrão cavalgar cavalgar

Cavalgar

CAVALOS DO CÃO

Assim viviam eles como vassalos dos covardes
Cavalos em cavalgada era a brida de ninguém

Os cavalos tão cavalos não eram cavalos
Apenas cavalos sendo cavalos tão cavalos
Eram mais eles eram entre eles os covardes
Os cavalos como cavalos do cão sendo Cavalos

Assim viviam eles como vassalos dos covardes
Cavalos em cavalgada era a brida de ninguém

Os cavalos tão cavalos não eram cavalos
Apenas cavalos sendo cavalos tão cavalos
Eram mais eles eram entre eles os covardes
Os cavalos como cavalos do cão sendo cavalos

Assim viviam eles como vassalos dos covardes
Cavalos em cavalgada era a brida de ninguém

A LADAINHA DO ANJO

E não confunda Anjo do Senhor
A Tawa dos Covardes com a covardia
Não confunda essa gente e sua tawa
Com a sua ladainha de mistério da silvação

E não emaranha Anjo do Senhor
A Tawa dos Covardes com a covardia
Não emaranha essa gente e sua tawa
Com a sua ladainha de mistério da silvação

Eu conheço a sua ladainha Senhor Anjo do Senhor
Conheço a sua pregação em nome da salvação
E conheço mais que a origem da água e

A fome da sua boca eu conheço
A sede da sua boca eu conheço

Eu conheço não o seu deus dos coitados
Mas eu conheço como conheci a minha mãe

Doente sendo rasgada pela cacunda!

O GENE DA GENTE

E a vaca foi para onde foi e não voltou a vaca
Se ela voltou ninguém viu a sua volta e nem
A vaca que eu imaginei na sagração da mãe

E a vaca foi para onde foi e não voltou a vaca
Se ela voltou ninguém viu a sua volta e nem
A vaca que eu imaginei na sagração do pai

A vaca que eu imaginei para sagrar o sangue
Seria uma vaca não como a vaca que fugiu
Mas talvez como essa vaca gene da gente

Alada como água no coração da terra

TAWA KAYOWÁ

Tawa Kayowá eu e não outro eu mas
Eu que sou eu e sou Tawa Kayowá e
Nquanto coivara Tawa Kayowá quem
Vai beijar a boca do meu destino se

Tawa kayowá eu e não outro eu mas
Eu que sou eu e sou Tawa Kayowá e
Nquanto coivara Tawa Kayowá quem
Vai beijar a boca do meu destino se

A boca do meu destino é uma boca
Mais áspera mais áspera mais ás
Pera e o catre Tawa Kayowá

O catre onde dormiam como
Não dorme mais que áspera

Tavva Kayovvá

OD NATURAL

Od a mãe nascia como maçã da mãe od
E também a filha maçã nascia como od
A mãe nascia enquanto dormia od
O animal dentro de uma planta od

Od a mãe nascia como maçã da mãe od
E também o filho maçã nascia como od
A mãe nascia enquanto dormia od
O animal dentro de uma planta od

Od o animal dentro de uma planta od
A mãe nascia diante da filha od
A mãe nascia diante do filho od

Od se eles de repente nasciam od
Como Jadis Onze Mil Virgens od

Od natural

A MÃE CORAGEM

E também eu, não você, você nunca,
Eu irei comigo para longe, apenas eu
Comigo mesmo, sozinho, para viver
Assim, mineral, vegetal, animal

Afinal, eu comigo mesmo, não serei
Apenas eu, serei mais que eu, irei
Alado com a criança, de repente,
Viandante, viandante, viandante

Viagem como esta eu nunca fiz
Mas eu farei comigo mesmo e
Ninguém mais comigo, apenas
Eu e não outro e não outra e

A mãe coragem

O primeiro inferno está aqui, olhem-no.
Olhem através das imagens os corpos
E o ventre da primeira mulher índia
Olhem-na, incline, Senhor, a cabeça
E verá o coração da índia, a pulsar

A primeira índia morta grávida
Morta em nome da vida do filho
O filho bastardo de um branco azul

O último inferno está aqui, olhem-no.
Olhem através das imagens os corpos
E o ventre da última mulher índia
Olhem-na, incline, Senhor, a cabeça
E verá o coração da índia, a pulsar

A última índia morta grávida
Morta em nome da vida do filho
O filho bastardo de um branco azul

MASMORRA

O pai, ao lado do filho e da filha, dormia com
A mãe que não dormia, mas tinha um rubi n
A buceta que o pai chupava para extrair
A floresta que crescia feito praga uma p
Este que nem ele mais sabia o que fazer

A mãe, ao lado da filha e do filho, dormia com
O pai que não dormia, mas tinha um rubi n
A buceta que o pai chupava para extrair
A floresta que crescia feito praga uma p
Este que nem ele mais sabia o que fazer

In the middle of the way was a stone

RÉQUIEM

Os dois corpos como duas cabeças de
Abacaxi e as coroas lá pelas curvas d
A cintura & para dentro a pele recita &

O lago que antes tinha a linha da boca
& para dentro do inferno como um pênis

O Brasil tem que rasgar a carta de Pero &
Achar as suas achas na coivara dos índios

& o índio que morre sou eu o meu pai
& a índia que morre sou eu o meu pai

A minha mãe deu o inferno & morr
eu como uma passarinha para Orgair

YOUR AD HERE

O homem é bonito com a beleza &
Ela é bonita como a beleza & ela
Transou com o irmão que era
O animal de estimação

A mulher é bonita com a beleza &
Ele é bonito como a beleza & ele
Transou com o irmão que era
O animal de estimação

Quem não tem um animal de estima
Que encontre o seu idioma para falar

& your ad here a sua fantasia

O SERTÃO

O meu pai achou que o pai dele não
Tinha mais direito os sentidos sentidos
E começou então a mostrar que
Os sentidos sentidos do pai dele
Não eram mais os sentidos sentidos
E que ele deveria sofrer uma intervenção
Mesmo que fosse invisível o meu pai
Queria acabar com a volta da água

A minha mãe achou que o meu pai não
Tinha mais direito os sentidos sentidos
E começou então a mostrar que
Os sentidos sentidos do meu pai
Não eram mais os sentidos sentidos
E que ele deveria sofrer uma intervenção
Mesmo que fosse invisível a minha mãe
Queria acabar com a volta da água

& deixar a metade das terras i did not drag my father beyond this tree

IMAGEM

Ninguém vai me enfrentar se o índio nascer
Comigo e com a gente a índia mostrar o
Ventre e a filha indigente que virou inseto

Ninguém vai me enfrentar se a índia nascer
Comigo e com a gente a índia mostrar o
Ventre e o filho indigente que virou inseto

Se todos somos índios todos somos índias?

Será mulher Jesus Cristo imaginem imaginem imaginem

FLORESTAR

Mas onde não puderes entrar
Por uma noite que seja te afastes
E deixais por lá a flor florestar

Mas onde não puderes água
Por uma tarde que seja te afastes
E deixais por lá a flor florestar

Mas onde não puderes romã
Por uma manhã que seja te afastes
E deixais por lá não a flor florestar

Mas que seja uma relva deixais por lá

uivouivouivo

Estar, digo, eu mesmo estar comigo,
Não é fácil, estar comigo requer pa
Ciência e eu sequer tenho paciência
Comigo mesmo, portanto, estar co
Migo é não estar com ninguém,

Com frequência, para o meu alívio
E o aliviar dos meus sentidos, eu,
Afinal, estou comigo, mas realmente
Nunca estou comigo, suspeito até
Que jamais estive comigo, mesmo

Quando eu vivia antes de estar as
Sim, definitivamente comigo, para
Sempre comigo, perto ou longe,
Maravilha de inferno que é verde
Como um cachorro, uivouivouivo

O ECLIPSE

Não era eu a minha imagem n
O espelho era talvez a imagem
Antiga de um menino a velhar
Como um escaravelho n

A imagem do espelho
O meu pai e seu ancestral
Um pai em trevas na terra

A imagem do espelho
A minha mãe e seu ancestral
Uma mãe em trevas na terra

Angulei o espelho afinal era
Eu enquanto um mino
tauro luzia como a luz

eclipse, de repente

PATER DEI

Um homem amanheceu co
migo ao meu lado como se
Eu fosse a sua mulher e e
le o meu primeiro homem

Eu passei aquela manhã c
om um cachorro a lamber
Os meus passos como se
Oos meus passos açúcar

Ao entardecer depois de
Caminhar pelo canavial
O um ohomem Pater dei
O filho eterno the manzã

EXCLAMOR

& para quem quiser eu sou essa árvore
e o meu nome é vento mas se você quiser
pode me chamar como você quiser
estrela por exemplo é o meu nome
se é noite ou mesmo quando eclipse

& para quem não quiser eu sou essa árvore
e o meu nome é vento mas se você quiser
pode me chamar como você quiser
estrela por exemplo é o meu nome
se é noite ou mesmo quando eclipse

se eclipse & quando chove sempre
me confundem com a enxurrada
mas eu também aprendi que sou
a enxurrada mesmo sendo eu

estrela

mas eu careço que me imagine
& para que eu cintile

Imagine!

O CÃO

Leer más se lago de mim um cão
Como um cão perdido sem mãe
Chora lascívia na minha língua

Leer más se lago de mim um cão
Como um cão perdido sem pai
Chora lascívia na minha língua

Se chora lascívia chora o cão
O filho afrodisia para leer más

Leer más o cão ao redor de mim
O cão em estado de mulher
Com a buceta de uma virgem

MANÁS

Filo, esquece a mãe, onde ela estiver,
Se ela estiver com você, esquece a mãe,
A mãe está com você onde você estiver

Filo, esquece o pai, onde ele estiver,
Se ele estiver com você, esquece o pai,
O pai está com você onde você estiver

Se você estiver aqui ou em Dissonâncias
Esquece, Filo, esquece o menino
E a mãe que dorme, serenamente,
Ao seu lado, Filo, Filo do pai

Se você estiver aqui ou em Dissonâncias
Esquece, Filo, esquece o menino
E o pai que dorme, serenamente,
Ao seu lado, Filo, Filo da mãe

E dorme, Filo, serenamente, como
O fauno eclipse ao sereno manás

LENHEIRA

Nenhuma lembrança, diria, nenhuma.
Apenas a minha mãe andando dentro de mim
Como se o meu corpo fosse a sua casa,
O meu espírito, o seu olhar.

Nenhuma lembrança, diria, lembrança.
Mas uma lembrança como pode entrar
Assim para dentro da gente
E ficar lá como se fosse a gente.

Afinal, ela é apenas a minha mãe, a lenheira.

O MINOTAURO

Sonhei durante a última tempestade
Que eu tinha partido com ele para
Cnossos e lá me encontrei com ele
Que estava afinal comigo desde
A origem das laranjas no quintal

Sonhei durante a primeira tempestade
Que eu tinha voltado com ele para
Cnossos e lá me encontrei com ele
Que estava afinal comigo desde
A origem das laranjas no quintal

Eu quero uma laranja para chupar
E uma romã que seja para Jade

O quintal tinha não um círculo mas
O labirinto de uma criatura metade
Mulher como eu e meu coração
O labirinto de uma criatura metade
Homem como eu e minha cabeça

Afinal eu sou uma
criança índigo!

AVE OVÍDIA

Ave Ovídia a minha mãe
Que vivia como pássara
Vestida de cavala ave
Ovídia a mulher flores
A mulher do meu sonho
Fantasia da minha vida
Ave Ovídia tão linda
Como a beleza ave
Ave Ovídia tão linda
Como a pureza ave
Ave Ovídia virgem
Como égua relvas

Ave Ovídia ave
Cante comigo
O meu nome
Cante comigo
O seu nume
Ave Ovídia ave

Morta como pássara
Passarinha aos céus
O céu de Ovídia ave

Deus sol da saudade!

MALAWI

Se tem uma estrela dentro
Tem a treva das trevas
A noite tão escura que
Ninguém pode dormir
Antes de ver a estrela

Se tem uma estrela dentro
Tem a treva das trevas
A noite tão escura que
Ninguém pode dormir
Antes de ver a estrela

Malawi
Ninguém pode dormir
Antes de ver a estrela

Malawi
A estrela no pênis

Malawi
Malawi
Malawi

RIFA

Rifle, Senhores, aqui estou eu, digo,
Senhores, aqui está o meu corpo, olhem-
Me, Senhores, esse corpo vem de longe,
Aqui, enquanto os Senhores me olham,
Quero dizer que esse corpo que é o m
Eu corpo em todos os sentidos, sendo
Afinal, Senhores, o corpo que vem d
O meu ancestral, vem, portanto,

Senhores, do mesmo corpo que foi
O meu pai e sua prole mais antiga,
Os antepassados que vieram de onde

Senhores, do mesmo corpo que foi
A minha mãe e sua prole mais antiga,
Os antepassados que vieram de onde

Olhem-me, Senhores, olhem com
Cuidado para esses olhos que
Olham-nos como sendo também,
Senhores, os olhos ancestrais

Eu, Senhores, nenhum rifle

A CRUZ DOS ÍNDIOS

Kaiomi

Qyuili Juytihu

Fricaiã Rãuiopii Xacriaoui

Weriuytioõn Zñiutass Cmoxaír Vjassaslç

Utimirãpiã Hameliãm Obeerdigrí Nixoxttii Trêviambiã Zuoominir

Preánhamuti Cuivarãvil Otrolxuju Bierrilooiro Ameltisvil Seixuçoliã Crãdivaualis

Çussuarãrã

Iscãoraizvela Akaçuzu

Aramelçaberiti Veeluzdoocea Ciolãciaargo

Xivilizaaíra Lilirarãlili Grivatanáus Elmauskrian

Jofmnião Gijelniçaí Aapríapoo Zooluaacéu Fludleeegriãmi

Zsmnische Niechilleomé Jaucóãn Goyãnmilian Xauyukuíra Jutriãminionx

Suiopiãpi Iekiãjinnjaça Lhãcayoweer Koãçiaçãpio Drugrimiel Eoikiuvãtiõn Lhivlion

Etc etc etc etc etc etc etc etc

A MAÇÃ Z

Aprendi zzz a repetir
Mã mã mã mã mã mã mã
Mã e zzz ziziar mamãe ãe ãe e

Aprendi zzz a repetir
Pã pã pã pã pã pã pã
Pã e zzz ziziar papai ai ai i

Aprendi zzz a repetir
Filha filha filha
Filha filha filha

Como Mã pã mã pã mã pã
Como Pã mã pã mã pã mã

Eu quero uma mazã zzz

HUH

Od ode sol e od ode
Sol não me perteence
E o que me perteence

Od ode lua e od ode
Lua não me perteence
E o que me perteence

Ode od nada me perteence

Eu tive mãe e ela es
tá Od rã ode pã

Eu tive pai e ele es
tá Od pã ode rã

Huh

LOAS